AF404930

L'AMI DU SIÈCLE,

DRAME

EN TROIS ACTES.

A PARIS,

De l'Imprimerie de CAILLEAU, rue Saint
Severin, vis-à-vis des murs de l'Eglise.

M.DCC.LXXVI.

Avec Approbation & Permission.

ACTEURS.

A L P H O N S E, *Ministre.*

B L A I S E, *Bucheron.*

G E N G I S K A N, *Empereur.*

Z O R O A S T R E, *Capitaine des Gardes.*

A C H M E T, *Garde, Ministre.*

B O U R R E F O R T, *Suisse.*

Madame D O N N A M O U R.

Mademoiselle C O M M O D I N E.

Courtisans & Chœur de Danseurs.

L'AMI DU SIÈCLE,

DRAME,

EN TROIS ACTES.

ACTE PREMIER.

Lé Théâtre repréfente une Forêt, dans laquelle on apperçoit deux Chaumières; l'une eft celle d'Alphonfe, l'autre celle de Blaife.

SCÈNE PREMIERE.

ALPHONSE, *regardant autour de lui.*

C'Est bon..... je puis rêver à mon aife au parti que je vais prendre..... Blaife n'eft pas encore levé...... Depuis mon enfance je fuis dans cette Forêt..... toujours la même compagnie.... toujours les mêmes objets fe préfentent à mes yeux...... Une pauvre Chaumière eft mon afylé,

A ij

où toujours en garde contre les bêtes féroces qui habitent cette affreuse solitude, je vis dans la plus grande crainte..... Cependant je sens bien que je ne suis pas né pour mener une telle vie.... mon nom seul me l'annonce.... Une carrière plus brillante s'ouvre devant moi ; c'est la Cour ; ô vie désirable ! où l'on est sans cesse autour du Prince ; Bons Citoyens, vous êtes en place pour secourir vos amis, & ce n'est que pour faire un bien-être à mon cher Blaise que j'ai la témérité de porter mes vœux à ce haut degré de Puissance .... Mais, pourquoi pas ? On en a vu d'aussi basse extraction que moi, parvenir aux plus hautes places...... Pourquoi n'aurois-je pas le même avantage : oui, mon parti est pris ; je vais trouver Blaise, je lui déclarerai ma façon de penser ; & .... *(Se retournant il l'apperçoit.)* .... Mais je ne le chercherai pas bien loin, car le voici.

SCENE II.

BLAISE, ALPHONSE.

BLAISE, *se jettant au col d'Alphonse.*

AH ! bon jour, mon cher Alphonse..... j'étois inquiet de toi ; il est déja six heures, & je ne te voyois pas encore venir. Je te cherchois pour.... *(Le regardant).* Mais tu ne réponds rien ?... Est-ce qu'il te seroit arrivé quelque chose de fâcheux ?

DRAME.

Cette maladie qui eſt ſi commune dans ce canton, qui court d'étable en étable, auroit-elle pénétré juſques dans la tienne?

ALPHONSE.

Hélas! non.

BLAISE.

La grêlé auroit-el'e endommagé tes vignes? Parle.

ALPHONSE.

Ce n'eſt point tout cela.

BLAISE.

Que te ſeroit-il donc arrivé ? De grace, explique-toi au plus vîte.

ALPHONSE.

Tiens, mon cher Blaiſe, je vais t'annoncer une nouvelle, qui pour le préſent ne te fera pas trop de plaiſir, mais qui dans la ſuite te mettra au comble de tes vœux.

BLAISE.

Au comble de mes vœux, j'y ſerai toujours tant que je ſerai avec toi.

ALPHONSE.

Je ſuis très-ſenſible à ces marques d'attachement que tu veux bien me témoigner..... mais.....

BLAISE.

Quoi donc? il ſemble que tu héſites à me confier quelque choſe,

ALPHONSE.

Ah ! cher Blaise , pardon ; mais je crains de te faire de la peine, quoique cependant la plus grande perte sera de mon côté.

BLAISE.

Ah ! tiens, pas tant de complimens.... dis tout de suite ce que tu penses.

ALPHONSE.

Tu le veux ?

BLAISE.

Oui.

ALPHONSE.

Pour t'obéir.

BLAISE.

Pas tant de politesse , encore une fois.

ALPHONSE.

Notre misere commune , les tristes objets qui nous environnent , les malheurs qui nous menacent dans un séjour tout-à-fait éloigné des autres hommes , tout m'engage à tenter un nouveau genre de vie que j'entreprends encore plutôt pour toi que pour moi.

BLAISE.

Ciel ! quel coup ! Quoi ? cher Alphonse, tu voudrois m'abandonner ? Quoi ! les liens d'une amitié éternelle que nous nous sommes jurés mutuellement ne seront pas capables de te retenir..... Tu dis toi-même que ce qui t'y engage n'est autre chose que les malheurs qui nous menacent, que les triftes objets qui nous environnent, que notre mifère ; & que c'eft plutôt pour moi que pour tes intérêts perfonnels ; mais que deviendra cet ami, fi tu l'abandonnes, puifqu'il te jure qu'il ne peut vivre fans toi, (*pleurant*) haï, haï......

ALPHONSE.

Tes plaintes, je le fçais, cher Blaife, font fondées ; je fçais que c'eft juftement que je mérite le nom d'ingrat..... Mais oublie pour un inftant la faute qu'Alphonfe va commettre, & examine le motif qui l'y engage, tu verras que ce n'eft que pour le bien commun.... Oui, cher Blaife, je te le jure au nom de l'amitié la plus tendre ; auffi-tôt que j'aurai une place qui me fournira les moyens de nous faire vivre tous deux à notre aife, je vole à toi, & fi je ne puis te donner l'Empire, c'eft que cela ne fera pas en mon pouvoir.

BLAISE.

Je fuis confus de toutes tes promeffes, je ne puis y répondre que par mes larmes, & mon cœur pénétré de la plus vive douleur, ne me dicte plus rien, finon, l'adieu de l'Ami le plus fincère..... Vas, tu retrouveras toujours Blaife au fond de fa Forêt.

ALPHONSE.

Adieu, cher Blaife, compte fur mes promeffes.

SCENE III.
ALPHONSE, GENGISKAN,
les Gardes.

ALPHONSE *seul.*

DIEU merci, m'en voilà débarraffé ; c'eft à la vérité un Ami fincère ; mais toujours la compagnie d'un Payfan c'eft bien trifte....... oui, je fuis décidé : je vais tâcher de m'introduire à la Cour , & m'arranger de manière que mon caractère prévenant, mon efprit qui fçait fe plier à toutes les circonftances, même à la flatterie, fi elle eft néceffaire, faffe ma fortune..... C'eft ainfi qu'une infinité de gens de mon efpece y font parvenus.... Mais il faudroit cependant quitter ces habitudes, ces manières ruftiques, quand cela m'aura réuffi..... Comment m'y prendrai-je ?... voyons..... rêvons un peu à cela. ... Mais voici la pluie, le tonnerre..... un vent effroyable qui s'élève, où me mettre à couvert....(*Se retournant il apperçoit l'Empereur pourfuivi par un Sanglier*). Ciel ! qu'apperçois-je ? C'eft Gengiskan pourfuivi par un Sanglier ; (*à demi voix*) voilà un moyen favorable pour gagner fes bonnes graces. ...

GENGISKAN, *effrayé.*

Ami, à mon fecours.....

ALPHONSE.

Seigneur , vous voyez le plus zélé de vos

DRAME. 9

Sujets prêt à vous obéir jufqu'à la mort : (*précipi-* *tamment.*) Prêtez-moi votre lance. (*Il s'avance fur* *le Sanglier, lui donne plufieurs coups, entr'autres* *un entre les deux oreilles qui le renverfe par terre,* *aufsi-tôt les Gardes accourent pour le rachever* ….)

GENSISKAN, *à fes Gardes.*

Vous voyez devant vous un homme à qui je dois la vie. (*Se retournant vers Alphonfe.*) Que demandes-tu pour ta récompenfe ?

ALPHONSE.

Rien autre chofe que la gloire d'avoir fauvé la vie à mon Roi.

GENGISKAN.

Qui es-tu ? que fais-tu ?

ALPHONSE.

Je fuis un pauvre Bucheron de cette forêt, fort mécontent de fon fort.

GENGISKAN *à part.*

Ciel ! quel cœur ! quel ame ! pour un homme de cette profefsion… (*haut.*) Je l'adoucirai… & j'examinerai s'il eft quelque place dans mon Empire capable de reconnoître le fervice que tu viens de me rendre.

SCENE IV.

ZOROASTRE, BLAISE.

L'on voit paroître Z O R O A S T R E , Capitaine des Gardes , transi de froid , lequel a perdu la chasse).

ZOROASTRE, *seul.*

CIEL ! quel orage ! de quel côté l'Empereur seroit-il allé ? (*On baisse les lumieres*). Voici la nuit , je ne sçais que devenir !...Que ces lieux sont déserts ; voici cependant une espèce de chaumière ; il faut que je voie celui qui l'habite. (*Frappant du pied.*) hola, quelqu'un.

BLAISE.

Qui est-ce qui est la-bas.

ZOROASTRE.

Ami.

BLAISE.

Quoi! tu as déja fait fortune ?

ZOROASTRE.

Que veut-il donc me dire ; j'ai fait fortune.....

BLAISE.

Il paroît que cela va grand train à la Cour.

ZOROASTRE.

Par ma foi , je ne sçais ce qu'il veut me dire.... Ouvrez, s'il vous plaît.

BLAISE.

Excuſe cher Alphonſe, ton abſence m'eſt tellement ennuyeuſe, que pour ne pas trouver le temps ſi long, je me couche de bonne-heure.

ZOROASTRE.

Je crois que ce bon-homme rêve.

BLAISE, *ouvrant la porte, va pour ſe jetter à ſon col.*

Comment t'es-tu porté depuis ton abſence, cher......(*ſe reculant auſſi-tôt,*) (*à demi voix*) je me trompe, (*haut*) qui êtes-vous , Monſieur, s'il vous plaît ?

ZOROASTRE.

Je ſuis un pauvre diable bien crotté , bien mouillé , qui vient vous demander à ſouper....

BLAISE.

A ſouper.... très-volontiers ; mais il ſera bien ſimple... il me ſemble que tu te chaufferois bien auſſi.

ZOROASTRE, *à demi-voix.*

Voilà un galant-homme ; mais il me paroît qu'il ne ſe gêne pas. (*haut.*) Je ſuis confus de toutes vos politeſſes.

BLAISE.

Oh tiens ; ne me parle pas de politeſſe , je ne la connois pas... Où es ton chapeau ?

ZOROASTRE.

Pourquoi ? Je l'ai à ma main.

BLAISE.

On a raison de dire qu'un Paysan n'est qu'un ignorant ; je ne sçavois pas encore qu'un chapeau fût fait pour être tenu à la main.

ZOROASTRE.

Mais, c'est par respect.

BLAISE.

Il me semble que tu as quelque place à la Cour ; car tu parles toujours de politesse, de respect ; enfin, c'est toujours compliment. Hé, tu ne t'es pas encore servi de ces mots qui me paroissent si beaux, *équité, justice, humanité.*

ZOROASTRE.

Il est vrai que ce sont des anciens mots qui ne sont plus guères usités.

BLAISE.

Allons, allons..... il n'en faut plus douter.... tu es à la Cour ; je m'en vais te servir à souper, & en te chauffant tu voudras bien satisfaire ma curiosité ; ce ne sera pas un souper de Cour au moins.... (*Il apportera une table sur laquelle il y aura un morceau de pain, de fromage, une bouteille de vin & deux verres*). Hé bien, qui es-tu donc à la Cour ?

ZOROASTRE.

Il est inutile de vous le cacher.

BLAISE.

Mais pourquoi te gêner ? Tu as tort de dire *vous* ; *te*, me conviendroit assez.

ZOROASTRE.

Ho! cela m'eſt égal ; comme vous.... tu....
(*Se reprenant.*) tu voudras.... pour te ſatisfaire,
je ſuis Zoroaſtre , Capitaine des Gardes.

BLAISE, *l'interrompant.*

Capitaine des Gardes.... Ha! pardonnez ſi je
vous ai parlé ſi cavalièrement.

ZOROASTRE.

Je n'ai pas beſoin de te pardonner ; tu ne m'as
pas offenſé.... mais à mon tour, je ne ſouffrirai
pas que tu diſes *vous*.

BLAISE.

Buvons un coup à cauſe de cela.... après....
par quel haſard es-tu par ici ?

ZOROASTRE.

L'Empereur vint aujourd'hui chaſſer le ſanglier
dans ces cantons.... L'orage a fait que je me ſuis
égaré .. Le jour eſt venu à tomber, & je me
trouve fort heureux d'avoir trouvé ta cabane ;
quoique cependant le ſort de l'Empereur m'in-
quiète ; car au moment où je l'ai perdu du vue,
il en étoit aux priſes avec le ſanglier..... mais
je ne puis avoir de ſes nouvelles que demain, car
il eſt trop tard pour m'en retourner.

BLAISE.

Voilà, comme vous êtes vous - autres ; c'eſt
dans le moment que l'Empereur a le plus beſoin
de vous, que vous l'abandonnez.

ZOROASTRE.

Mais ce n'est pas ma faute..... Il est tems de nous repofer.....bon foir....(*Il fe leve de ta-ble, va pour entrer dans la chaumière ; mais en-tendant le bruit des corps . il revient. ....Il me fem-ble entendre comme le ralliement des Chaffeurs... c'eft fûrement moi que l'on cherche......(Il don-ne un coup de fifflet pour faire venir les Chaffeurs du côté de la chaumière de Blaife, & Blaife monte fur le toît avec une lanterne, pour fe faire apperce-voir des Chaffeurs qui viennent auffi-tôt de ce côté.... Achmet, un des Gardes, prend la parole*).

SCENE V.

ACHMET, ZOROASTRE , BLAISE.

ACHMET.

Capitaine, voilà trois heures que nous vous cherchons dans cette forêt.

ZOROASTRE.

Trois heures.

ACHMET.

Oui..... fçavez-vous le malheur qui feroit ar-rivé à l'Empereur fans un pauvre Payfan.

ZOROASTRE.

Je l'ignore.

BLAISE.

Comment se nomme-t-il ce Paysan?

ACHMET.

Je vous le dirai.

ZOROASTRE.

Que lui seroit-il donc arrivé?

ACHMET.

Le sanglier l'alloit dévorer, si un pauvre Bucheron n'eût pris la lance de l'Empereur, & n'en eût donné plusieurs coups à l'animal furieux ◇ entr'autres un entre les deux oreilles qui l'étendit par terre.

ZOROASTRE, *étonné.*

Ciel! cela est-il possible... & comment se nomme ce Bucheron?

ACHMET.

Alphonse.

BLAISE, *joyeux.*

Alphonse! c'est mon ami.

ZOROASTRE.

C'est ton ami?

BLAISE.

Oui.... il a toujours demeuré ici avec moi; il m'a même dit qu'il alloit aller à la Cour, pour trouver quelqu'emploi, & que s'il réussissoit, il me feroit ma fortune.....

ZOROASTRE.

Hé bien ! je puis t'affurer que s'il tient fa pro-
meffe, elle eft faite.

ACHMET.

Oh oui , car l'Empereur lui a promis devant
nous.

BLAISE.

Je ne veux pas quitter ma forêt.

ZOROASTRE.

Après ce qui vient d'arr ver à l'Empereur, je ne
puis refter plus long tems ici , peut-être a - t - il
quelque chofe à m'ordonner.... (*Aux Gardes.*)
Partons.... Adieu , mon ami Blaife , adieu....

BLAISE.

Au revoir....

SCENE VI.

BLAISE, *feul.*

Morbleu ! Alphonfe a fort bien réuffi ; il eft vrai
qu'il eft bienheureux que l'Empereur ait manqué
d'être dévoré ... il peut dire qu'il a tué fon Bienfaiteur ; j'irai , pas plus tard que demain , le féliciter de fon bonheur..... Comme je vais être
bien reçu !... Oh ! il va fûrement m'engager à refter
auprès de lui ; mais non ; mon parti eft pris.
Auffi-tôt que je lui aurai témoigné toute la joie
que je reffens de ce que tout va felon fes defirs,
je reviens dans ma forêt.... oui... mais il fe
fait tard , rentrons nous coucher.... Pour le
coup jamais je ne fuis couché avec tant de joie.
SCENE

S C E N E   V I I.
ZOROASTRE, ACHMET.

ZOROASTRE, *seul.*

CIEL! quelle injuſtice! hélas! pauvre Blaiſe, que j'envie ta poſition! qui ſe ſeroit attendu que l'Empereur, parce que je ne me ſuis pas trouvé à la place d'Alphonſe, pour faire ce qu'il a fait, m'auroit ôté ma place, pour la donner à un homme de rien? Moi, qui ai toujours pris les intérêts de mon Roi, être ainſi récompenſé..... Oui, c'eſt décidé... j'irai... oui, j'irai demain matin trouver ce bon Payſan qui m'a ſi bien reçu, & je lui dirai que l'Empereur m'a ôté ma place pour la donner à ſon ancien ami, & que je viens lui demander celle qu'il occupoit autrefois chez lui... (*Se retournant.*) Mais voici un Garde qui vient ſûrement m'annoncer quelques nouvelles... Ecoutons-le... c'eſt Achmet....

A C H M E T, *accourant.*

Ha! cher Capitaine, je ſuis au comble de la joie, & je viens vous annoncer une nouvelle qui fera le même effet ſur vous.... Vous ſçavez que l'Empereur avoit donné votre place à Alphonſe.

ZOROASTRE, *ſoupirant.*

Hélas! oui.

A C H M E T.

Eh bien! conſolez vous; je viens de ſa part pour vous dire qu'il vous la laiſſe.

B

ZOROASTRE.

Ne viens-tu pas m'insulter dans mon malheur?

ACHMET.

Non, cher Capitaine.... & je vais vous raconter ce qui s'est passé..... cela contribuera peut-être à vous confirmer ce que j'avance.... L'Empereur étoit fort indisposé contre Monsieur de la Colombiere, son premier Ministre; à ces différens sujets de mécontentemens s'est jointe Madame Donamour, qui a dit au Monarque qu'il avoit attenté à son honneur. L'Empereur aussi-tôt l'a fait venir, & lui a signifié qu'il donnoit sa place à Alphonse.... Monsieur de la Colombiere, très-mécontent de cette nouvelle, alloit prononcer quelques paroles pour se justifier, lorsque l'Empereur lui ordonna de se retirer au plutôt.

ZOROASTRE.

Comment! Alphonse est premier Ministre?

ACHMET.

Oui, cher Capitaine.

ZOROASTRE.

Cours au plus vîte annoncer cette nouvelle à Blaise son ami, chez qui tu m'as trouvé.

ACHMET.

Je vais exécuter vos ordres.

ZOROASTRE.

Pour moi, je vais remercier l'Empereur de ce qu'il a bien voulu me conserver ma place.

ACHMET.

Nous l'avons déjà remercié de la gratification qu'il nous a faite, en nous laissant toujours notre Capitaine.

Fin du premier Acte.

A C T E   I I.

Le Théâtre repréfente un Palais magnifique-
ment orné, & un Suiffe à la porte, qui
fait entrer plufieurs perfonnes de diftinc-
tion, qui viennent faire leur cour au nou-
veau Miniftre..... L'on fera le point du
jour.

SCENE PREMIERE.

BLAISE, BOURREFORT.

BLAISE, *accourant tout effoufflé.*

HOUF.... je ne fçais pas fi je me fuis levé affez
matin.... Voilà là-bas la porte, (*courant précipi-*
tamment je vais entrer.

BOURREFORT, *entendant du bruit, fort*
& repouffe Blaife.

Que veux-tu? que demandes-tu?

BLAISE.

Ah ben? voilà une fingulière queftion... Pardi,
je demande mon ami... & puis... eft-ce que cela
te regarde?

B ij

BOURREFORT, *le repouſſant de nouveau.*

Retire-toi d'ici.

BLAISE.

Je ne ſortirai pas que je n'aie parlé à mon ami....

BOURREFORT.

Retire-toi, te dis-je.... Tu n'as pas d'amis en ce lieu.

BLAISE.

Hé! morbleu; ſi je n'en avois pas, je n'y viendrois pas.

BOURREFORT, *riant.*

Houf.... houf.... houf.... voilà un homme bien bâti, pour avoir des amis ici. Houf.., houf... (*le repouſſant de nouveau.*) veux-tu t'en aller.

BLAISE.

Oh! tu as beau faire, va, je ne m'en irai pas que je n'aie parlé à mon ami.

BOURREFORT.

Mais qu'eſt-il donc ton ami?

BLAISE.

Pardi.... c'eſt Alphonſe.....

BOURREFORT, *en colère.*

Qu'appelles-tu, Alphonſe? Eſt-ce que tu ne peux pas dire, Monſeigneur?

BLAISE.

Eh bien, Monſeigneur Alphonſe, là, voyons...

on voit bien que tu ne fçais pas que nous avons été élevés enſemble, & que ne voilà pas long-tems que nous ſommes ſéparés....

BOURREFORT, *riant.*

Houf... houf.... houf.... (*A demi-voix*). Parbleu, il faut que je lui diſe d'attendre pour voir s'il oſera parler à Monſeigneur (*Se retournant vers Blaiſe*). Hé bien, il ne fait pas encore jour chez Monſeigneur : attends, ſi tu veux, qu'il ſorte de ſon Palais. (*Il ſe retire*).

SCENE II.

BLAISE, ALPHONSE, les Courtiſans.

BLAISE *ſeul, appuyé ſur ſon bâton.*

COMME je vais te faire donner ſur les oreilles par mon ami, vas.... Ah ben, tu me paye-ras cher toutes les bourrades que tu viens de me donner, & je ſuis ſûr que tu ne ſeras pas long-tems ſans t'en repentir..... (*Regardant autour de lui, il reſte immobile en voyant la magnificence du Palais*). Ah! que c'eſt beau, j'étois ſi occupé de mon ami, qu'en entrant je n'y avois pas pris garde.... Mais, peut-être me ſuis-je bien trompé....Cela pour-roit bien être le Palais de l'Empereur.... Si ce butor reparaiſſoit, je m'éclaircirois. (*Se retournant, il voit les deux portes s'ouvrir, & Alphonſe, entouré d'une foule de Courtisans , auſſi-tôt il va ſe jetter à ſon col, en s'écriant :* Bon jour, mon ami.

ALPHONSE, *le repouſſant, ſe retournant du côté d'un de ſes Courtiſans , en diſant :*
Cet homme me parle, je crois.

BLAISE, *ſe retournant, dit à demi-voix,*
C'eſt drôle, il ne me reconnoît pas. (*Haut*).
Quoi ? Vous ne reconnoiſſez pas Blaiſe , votre ancien ami.....

ALPHONSE, riant.

Ha, ha, ha....... En voilà bien d'un autre,
ha..... qu'on me mette cet homme-là à la porte.... Parbleu, voilà du plaiſant.... Ha, ha....
Mais..... mais.....

BLAISE.

Mais je ne viens pas ici pour vous demander
quelque choſe.

ALPHONSE.

Quoi ? on n'a pas encore exécuté mes ordres.
(*A cette parole les Domeſtiques, & ſur-tout Bourrefort , exécutent les ordres du Miniſtre ; pendant
qu'on le repouſſe , Blaiſe prononce ces mots*).

BLAISE.

Je venois pour féliciter un ami parvenu.....
Mais je vois bien que le ſujet de ma démarche
n'etoit pas du tout conforme à ſa ſituation ; il
eſt vrai, que ſi j'eus ſçu que vous aviez perdu la
vue, j'aurois préparé un compliment de condo-
léance.

ALPHONSE, *à ses Courtisans.*

D'honneur, je ne sçais ce que demande cet original.

LES COURTISANS.

Ah ! c'est sûrement quelque malheureux qui vouloit s'introduire en votre Palais en qualité d'esclave.

ALPHONSE.

Mais, il devoit s'y prendre autrement.

LES COURTISANS.

Seigneur, il fait aujourd'hui une belle journée.

ALPHONSE.

Oui, à quoi l'emploierons-nous ? (*Réfléchissant*). Il faut aller à la chasse.

LES COURTISANS.

Je ne crois guères que cela soit possible...... Car vous sçavez qu'il y a aujourd'hui une fête chez l'Empereur, en reconnoissance du service important que vous lui avez rendu.

ALPHONSE.

Oui, c'est vrai ; hé bien, rentrons jusqu'à ce soir.

SCENE III.

Madame DONNAMOUR, Mademoiselle COMMODINE.

Mademoiselle COMMODINE.

Qu'avez-vous donc , ma chère mère ? D'où vient cet air sombre qui règne sur votre visage ? Je suis sûre qu'Alphonse ne seroit pas plus triste , si l'Empereur lui avoit retranché quelque chose de les revenus.

Madame DONNAMOUR.

Hélas! ma chère amie..... Tu me parles d'un homme qui seul est cause de mon chagrin ; c'est un ladre s'il en fut jamais ... Un homme qui n'aime que la conversation des femmes, & non leur personne.... Un fat qui, lorsqu'il en voit une, la regarde comme son esclave.... Vois un peu si un tel homme peut nous convenir.

Mademoiselle COMMODINE.

Pas-du-tout, ma chère mère ; au portrait que vous venez d'en faire, je vois bien qu'il n'est pas de mode; aussi, toute réflexion faite, il faut tâcher de le disgracier auprès du Prince.... Vous avez bien réussi pour M. de la Colombiere ; il faut espérer qu'il en sera de même pour Alphonse.

Madame DONNAMOUR.

Je voudrois bien pouvoir le faire.... Mais il
sera beaucoup plus difficile de le disgracier que
de la Colombiere ; il faudra peut-être des preu-
ves ; & si Gengiskan venoit à en exiger ; & que
nous n'en ayons pas à lui donner, nous serions
disgraciés nous-mêmes.... Ainsi il faut imaginer
quelque moyen......(*Réfléchissant.*) Tiens, en
voici un.... Hier l'Empereur m'a dit qu'il donnoit ce soir une fête, en rejouissance de ce qu'il
n'avoit pas, par le secours d'Alphonse , été dévoré à la chasse ; il faut que cette fête que l'on
fait pour lui, soit la perte de ce Ministre avare...
Tu y assisteras avec moi, & tu feras ensorte que
ta beauté, relevée par les éclats de tes habits,
charme toute l'assemblée, que les doux sons de
ta voix harmonieuse la ravissent ; enfin que la
danse l'enchante ; lorsqu'une fois tu auras, par tes
attraits, enivré Gengiskan, nous obtiendrons de
lui tout ce que nous voudrons.

Mademoiselle COMMODINE.

Oui, ma chère mère, c'est fort bien penser ;
je vais me revêtir d'habits plus brillants. (*Elles
se retirent.*)

SCENE IV.

ZOROASTRE, ACHMET.

ZOROASTRE.

J'Ai appris que le pauvre Bucheron , qui m'a reçu de fi bon cœur dans fa chaumiere, le jour que l'Empereur penfa être dèvoré , étoit venu ici, & qu'il avoit été très-mal reçu.... J'en fuis au défepoir... Car je fuis sûr que c'eſt la force de l'amirié qui l'a pouſſé comme dans ce lieu pour venir féliciter fon ancien ami.

ACHMET.

Mon Capitaine, entre nous ſoit dit , ce n'eſt pas ce que le Miniſtre a fait de mieux.

ZOROASTRE.

On ne peut rien faire de plus indigne....... Devoit il agir ainſi, après les promeſſes qu'il avoit faites à ce pauvre homme, juſqu'à lui dire , que s'il ne lui donnoit pas l'Empire, c'eſt qu'il n'étoit pas en fon pouvoir.

ACHMET.

Tel eſt le changement que fait la fortune fur des cœurs auſſi vils que celui d'Alphonfe ! Quel doit être le chagrin de cet homme de bien , après une réception auſſi dure de la part de celui qui autrefois partageoit ſes peines & ſes plaiſirs , ſi toutefois il en étoit pour lui.... O ingratitude !

ZOROASTRE.

Tiens..... Aujourd'hui l'Empereur donne une grande fête ; j'étois préfent lorfque Gengiskan a dit à Madame Donnamour de s'y trouver.... Elle a un pouvoir abfolu fur l'efprit du Monarque..... Il faudra , par fon entremife , tâcher de faire punir l'orgueil de ce parvenu.

ACHMET.

Madame Donnamour..... Je la connois très-particulièrement..... Elle a même la bonté de s'intéreffer pour moi , & fûrement qu'elle ne demandera pas mieux que de nous être utile en cette occafion....

ZOROASTRE.

Eh bien.... Comme voilà l'heure du feftin qui approche , il faut aller la trouver.... Et.... Mais j'entends quelqu'un..... C'eft peut-être Alphonfe..... (*Se retournant , il apperçoit Madame Donnamour & Mademoifelle Commodine magnifiquement habillées.*)

.....

SCENE V.

ZOROASTRE, Madame DONNA-MOUR, ACHMET, Mademoiselle COMMODINE.

ZOROASTRE, *courant à elles.*

Madame, je vous salue.

Madame DONNAMOUR.

Ha, ha!... Vous voilà, Zoroastre ; que faites vous donc ici ? Et vous voilà aussi, Achmet ?

ACHMET.

Oui, Madame.....

Madame DONNAMOUR.

Sans doute que vous venez dans l'intention de faire votre cour au nouveau Ministre ?....

ZOROASTRE.

Que le Ciel nous en préserve !

Madame DONNAMOUR.

Cmment?....

Mademoiselle COMMODINE.

Est-ce que vous avez eu quelque différent avec lui ?

Z O R O A S T R E.

Non, Mademoiſelle.... Mais nous avons envie
de lui faire notre cour d'une ſingulière façon.

Madame D O N N A M O U R.

Qu'entends-je ? ... Que vous a-t il donc fait?

Z O R O A S T R E.

Je vais vous rapporter un de ſes traits.....
« *Du tems qu'il étoit dans l'infortune , il la par-*
» *tageoit avec un homme que le même toît vit naître*
» *avec lui.....Il ſe nomme Blaiſe : on peut lui don-*
» *ner le ſurnom d'Ami ſincère ; je l'ai éprouvé : je l'ai*
» *vu moi même le jour que l'Empereur manqua d'ê-*
» *tre dévoré..... Je m'étois égaré dans la forêt qui*
» *eſt des plus déſertes : j'étois dans la plus grande*
» *crainte , lorſque j'apperçus la chaumiere de ce bon*
» *Payſan ; j'y cours, je frappe, j'entends demander...*
» *qui eſt ce qui frappe?.... A cette parole , je ré-*
» *ponds... ami... Quoi! s'écrie auſſi-tôt Blaiſe,*
» *c'eſt toi, cher Ami.... excuſe ſi je te fais atten-*
» *dre.... (car alors il étoit couché) ; mais ton ab-*
» *ſence m'eſt ſi ennuyeuſe que je me couche de*
» *bonne-heure pour ne pas trouver ſi longues ces*
» *heures qui paſſent avec tant de rapidité , lorſ-*
» *que nous ſommes enſemble.... Il vient m'ouvrir ,*
» *va pour ſe jetter à mon col , croyant que c'étoit*
» *Alphonſe : peut-on donner une plus grande mar-*
» *que d'amitié ; on voit aiſément le langage d'un*
» *cœur ſenſible..... Auſſi-tôt je me fais connoître à*
» *lui : vous ne ſçauriez croire l'empreſſement avec*
» *lequel il allume du feu pour ſécher mes vêtemens ,*
» *avec quelle joie il me prépare à ſouper ; enfin ,*
» *Achmet que voici préſent , a été témoin d'une par-*

» *tie du service que cet homme m'a rendu ; il sçait*
» *lui-même quel intérêt il a pris au récit du malheur*
» *qui avoit manqué d'arriver au Monarque ; il sçait*
» *avec quelle joie il a appris que c'étoit Alphonse*
» *qui lui avoit sauvé la vie. . . . . J'irai, s'écrie-t-il,*
» *dans les transports de sa joie ! J'irai au plutôt le*
» *féliciter de son bonheur ! . . . . . . Ce matin arrive*
» *ce véritable Ami, il ne regarde, ni la magnificen-*
» *ce de ce Palais, ni son agréable situation ; l'or &*
» *les pierreries qui y brillent ne l'éblouissent point,*
» *il ne cherche que son Ami. . . . Il frappe, on le re-*
» *pousse ; il insiste, on lui dit d'attendre. . . . Il s'ap-*
» *puie sur son bâton ; une heure, deux heures se pas-*
» *sent, il ne voit point arriver son Ami. . . . Enfin,*
» *la porte s'ouvre, paroît Alphonse entouré de ses*
» *vils adulateurs. . . . . . . Vos yeux n'auroient pu*
» *s'empêcher de verser des larmes, s'ils eussent vu le*
» *plus fidèle des amis percer cette foule importune,*
» *se jetter au col de cet ingrat, qui, d'un air arro-*
» *gant, ordonne qu'on le mette à la porte.* Tel
est, Madame, tel est le sujet de ma haine envers le
plus orgueilleux de cette Cour.

Madame DONNAMOUR,

Ajoutez au titre d'orgueilleux celui d'avare ;
ainsi en faisant nos efforts pour le disgracier, je
pense que nous rendrons un service important à
tout le Peuple.

Mademoiselle COMMODINE.

Je le crois aussi.

ZOROASTRE.

Achmet, je m'en vais aller sçavoir l'heure à laquelle l'Empereur se mettra à table.

A C H M E T.

Mon Capitaine, j'y cours.

Mlle. COMMODINE, *à Zoroaſtre.*

Si nous réuſſiſſons dans notre entrepriſe, nous ne pourrons donner un meilleur conſeil à Gengiſ-kan, que de vous donner la place d'Alphonſe.

Z O R O A S T R E.

Je vous rends mille graces de vouloir bien pen-ſer à moi; aſſurément je ne le mérite pas.... Mais je ſuis ſatisfait de ma place; daignez plutôt de-mander celle d'Alphonſe pour Achmet.....

Mme. D O N N A M O U R.

Parlez-vous ſincérement?

Z O R O A S T R E.

On ne peut pas plus.

A C H M E T *avertit Zoroaſtre que l'Empereur vient chez Alphonſe.*

Capitaine, voici l'Empereur qui vient ici...

Mme. D O N N A M O U R,

Ciel! voilà une occaſion favorable.

Z O R O A S T R E.

Oui, Meſdames...... il faut plutôt lui parler de cela avant le feſtin.

Mlle. C O M M O D I N E.

Oui.

SCENE VI.

GENGISKAN, Mlle. COMMODINE, Mme. DONNAMOUR, ACHMET, ZOROASTRE, Gardes, Courtisans.

GENGISKAN.

(L'Empereur paroît environné de ses Courtisans & suivi de ses Gardes ; Zoroastre prend sa place de Capitaine, parle à Donnamour & à sa fille).

COMMENT, chere Donnamour, vous voilà ici, je vous croyois déjà à l'Assemblée.

Mlle. COMMODINE *feignant de pleurer.*

Ha, ha........ nous n'avons pas envie d'y aller.

GENGISKAN.

Qu'avez-vous donc, chere Commodine, vous pleurez.

Mme. DONNAMOUR.

Elle en a lieu.......

GENGISKAN.

Pourquoi donc ?

Mme. DONNAMOUR.

Ah ! grand Prince..... je n'ose vous le dire..... dans la crainte que vous ne me croyez pas.

GENGISKAN.

GENGISKAN.

Pourquoi ne vous croirois-je pas ?..... Parlez.

Mme. DONNAMOUR.

Mais.....

GENGISKAN.

Je le veux.

Mme. DONNAMOUR.

Le nouveau Miniftre a donné aujourd'hui un repas fplendide auquel il nous a invitées.......
Pendant le repas il n'étoit occupé que de faire à fes Courtifans l'éloge de la beauté de ma fille......
Au deffert, il fe leva ; & me dit, qu'il avoit quelque chofe à me communiquer..... Je le fuis....
Jamais je ne fus plus furprife que d'entendre Alphonfe demander ma fille, non en mariage, mais pour en faire le jouet de fes infâmes paffions, & a juré que cela feroit, parce qu'il a le pouvoir en main... Voilà, Seigneur, voilà ce qui caufe les chagrins d'une tendre mere & les larmes d'une fille vertueufe.

GENGISKAN, *à Commodine.*

Confolez-vous, chere Commodine, je vais y mettre fin...... Je prétends prendre part à vos chagrins. (*A Zoroaftre*). Zoroaftre, allez dire qu'il n'y aura pas de fête aujourd'hui, que je la remets.
(*A Achmet*). & vous Achmet, allez dire à Alphonfe que je le demande. (*En colere*). Comment cet homme de rien que j'ai avancé fi promptement a ofé, fçachant mes vues fur vous, vous faire une pareille propofition, aller fur les brifées de fon Bienfaiteur, de fon Maître, enfin de fon Roi.

C

Mme. DONNAMOUR.

Oui, Seigneur, j'en friſſonne encore....Mais...
voici qu'il vient.

*(On voit paroître Alphonſe ſuivi d'un nombreux cor-
tege de Courtiſans & de Domeſtiques).*

SCENE VII.

**GENGISKAN , Mlle. COMMODINE,
ALPHONSE, Mme. DONNAMOUR,
ACHMET , Courtiſans , Gardes , Do-
meſtiques......**

GENGISKAN, *toujours en colère , à Alphonſe.*

COMMENT as-tu eu l'audace , après les bienfaits dont je t'ai comblé , de concevoir le hardi pro-
jet de ſéduire la perſonne la plus charmante de
ma Cour..... Oui, dans ce moment , j'oublie le
ſervice que tu m'as rendu : (*Tirant ſon épée , il ira
pour l'en frapper, Commodine l'arrêtera auſſi-tôt*).

Mlle. COMMODINE , *précipitamment.*

Grand Prince, qu'allez-vous faire ? Aurez-vous
le courage de donner la mort à celui qui vous a
ſauvé la vie.... Par un acte de magnanimité, ren-
dez-lui aujourd'hui. (*A ces mots l'Empereur arrête
ſon bras, & jettant un regard amoureux ſur Commodine , laiſſe tomber ſon épée*).

GENGISKAN, *s'adoucissant.*

Ah ! cher Commodine , je me rends à vos repré-
sentations : (*Se retournant vers Alphonse*). mais qu'il
se retire sur le champ.....

*Pendant cette Scène Alphonse , qui a resté immobile ,
se jette aux pieds de l'Empereur.*

A L P H O N S E.

Daignez m'écouter.........

G E N G I S K A N, *en courroux.*

T'écouter...... (*Criant.*) Que dis-tu là?....

A L P H O N S E , *tremblant.*

Je ne sçais........

G E N G I S K A N.

Retire-toi , te dis je... & afin que tu n'ignores
pas celui qui doit te remplacer... (*Se tournant vers
Mme. Donnamour & sa fille*). J'ordonne à ces Da-
mes de nommer un Ministre.

Mme. D O N N A M O U R.

Seigneur... Nous.....

G E N G I S K A N.

Parlez.

Mlle. C O M M O D I N E.

Mais.

G E N G I S K A N.

Je le veux.

Mme. D O N N A M O U R.

Grand Prince, Zoroastre est un de ceux qui l'a

mérité le plus...... Mais son grand cœur, son peu d'ambition, sa générosité, offrent à son défaut Achmet, qui conduit par la sagesse, l'équité, l'Amour pour son Prince, soutiendra avec dignité la majesté de l'Empire. (*L'Empereur ôtant le manteau attaché à la place de Ministre dont Alphonse est revêtu, le met sur les épaules d'Achmet , puis ordonne qu'on chasse Alphonse*).

GENGISKAN, *à Achmet.*

Je vous donne ce Palais ; ces esclaves sont à vous : je mets entre vos mains les rênes de l'Empire....... que ce qui vient d'arriver à Alphonse soit une leçon pour vous & vos successeurs.

(*Achmet baise la tête pour marque de remerciment*).

Fin du second Acte.

ACTE III.

Le Théâtre repréfente une Forêt.

SCENE PREMIERE.

ALPHONSE, *feul en habit de Payfan.*

CIEL! Qu'ai-je donc fait pour être chaffé ainfi de la Cour? après les fervices que j'ai rendu à l'Etat & à mon Roi.... Miniftre fidéle, j'ai tout entrepris pour le bien des Peuples.... Sujet zélé, j'ai tout facrifié... ma vie même pour fauver celle de mon Roi.... En un inftant on m'a vu au comble des grandeurs.... Un inftant après l'on me voit ramper dans la pouffiere...... Que vais-je faire? que vais-je devenir? Mon orgueil m'a fait perdre l'ami le plus fincére.... Hélas! s'il fçavoit combien je me repens de la manière avec laquelle je l'ai reçu.... il accourroit auffi-tôt... viendroit fe jetter à mon col avec le même empreffement qu'il y eft venu lorfque j'étois environné de cette foule de Courtifans qui ne daignent plus me regarder, & qui font caufe de la mauvaife réception que j'ai faite à mon ami.... Ah! fi j'ofois.... j'irois le

C iij

trouver... Je me jetterois à ſes genoux.... je le ſup-
plierois de pardonner au plus ingrat des Amis.... Je
lui dirois que la ſociété d'un ami ſincère, eſt mille
fois préférable à cette foule d'adulateurs qui aſ-
ſailliſſent ſans ceſſe ceux qui ſont en place, &
dans les tranſports de mon amour..... je .....
Mais je n'oſe.... Après ce que je lui ai fait l'a-
ler troubler dans ſa ſolitude.... Mais.... peut-être
que celui que j'ai reçu avec tant d'arrogance,
lorſque j'étois en place, me recevra avec bonté,
quoique dans l'indigence.... Eſſayons.... (*Il va
heurter à .a cabane de Blaiſe*).

SCÈNE II.
BLAISE, ALPHONSE.
BLAISE.

QUI eſt-ce qui eſt là-bas ?

ALPHONSE.

Je n'oſe répondre [*Haut*]. C'eſt un orgueilleux qui vient s'humilier.

BLAISE, *regardant par la fenêtre*.

Un Miniſtre devant un Bucheron, cela eſt nouveau. [*Ouvrant, Alphonſe ſe jette à ſes genoux*].
De grâce, cher Alphonſe, relevez-vous.

ALPHONSE.

Oui.... cet ingrat eſt prêt à vous obéir, ſi
vous daignez, tout indigne qu'il en eſt, lui pardonner l'offenſe qu'il vous a faite, ayant, comme vous l'avez judicieuſement remarqué, perdu
la vue & l'eſprit même.

B L A I S E, *le relevant.*

Vous ne m'avez pas du tout offenſé ; mais dites-
moi, je vous prie, ſi vous avez quitté le manteau dont vous êtes ordinairement revêtu, & cette
ſuite qui vous environne, pour venir me voir....
ou ſi cet état eſt l'effet de quelque diſgrace.

A L P H O N S E.

Helas, cher Blaiſe, c'eſt ce qui me doit rendre plus coupable à vos yeux.... car ſi j'euſſe ré-
paré ma faute lorſque j'étois encore en place, je
ne ſerois pas ſi criminel.

B L A I S E, *étonné.*

Quoi ! vous n'êtes déja plus rien !

A L P H O N S E.

Non.

B L A I S E.

Il me paroît qu'à la Cour, on eſt auſſi prompt
à élever qu'a abaiſſer..... Mais quel en a été le
ſujet ?

A L P H O N S E.

Je l'ignore.

B L A I S E.

Vous l'ignorez..... C'eſt aſſez ſingulier......
depuis quand êtes-vous remercié ?

A L P H O N S E.

Depuis hier ; l'Empereur devoit donner une fête
en réjouiſſance du malheur dont je l'avois préſer-
vé..... l'heure du repas approchoit lorſque Achmet vint me dire qu'il n'y auroit pas de fête, &
que l'Empereur me demandoit...... J'y cours...
Quelle fut ma ſurpriſe, lorſque je lui entendis
prononcer ces mots : « *ingrat, après les bienfaits*

» dont je t'ai comblé, tu as eu l'audace d'attenter à
» l'honneur de Mademoiselle Commodine, la plus
» belle Princesse de ma Cour ». Disant cela, il tire
son épée, & m'en eût frappé, si on ne l'eût re-
tenu; » he bien, a-t-il ajouté, retire-toi au plutôt
» de devant moi ». Ensuite il a donné ma place à
Achmet.

BLAISE.

Diable! c'est comme cela que l'on remercie à
la Cour; quant à Achmet, je le connois.

ALPHONSE.

Vous le connoissez?

BLAISE.

Oui, & je vais vous dire comment...... Le
jour que l'Empereur pensa être dévoré, j'entendis frapper..... j'ai tressailli de joie croyant que
c'étoit vous..... Je ne fus jamais plus surpris lorsque je vis Zoroastre qui me demanda à souper;
je le lui servis.... à la fin du souper, nous enten-
dîmes le bruit des cors..... C'étoit lui qu'on cher-
choit; nous appellâmes, & après plusieurs signes
que nous fîmes, on vint du côté de la Chaumière,
& Achmet nous apprit tout ce qui s'étoit passé.
Voilà comme j'ai fait connoissance avec lui....

ALPHONSE.

Eh bien, cher Blaise, c'est à lui à qui l'on a
donné ma place..... Je n'en suis plus fâché, puis-
que vous voulez bien m'accorder encore votre
amitié. [*Avec transport*]. Non, je le répéte, je n'ai
rien perdu au change.

BLAISE.

Maintenant que vous n'êtes plus Ministre, pas
tant de complimens..... reprenons notre ancienne
amitié, & jamais de *vous* entre nous; tu n'as peut-

être pas encore ni bu ni mangé, depuis que tu n'es plus Miniſtre ?....

ALPHONSE.

Ma foi tu l'as dit.

BLAISE.

Nous allons, cher Alphonſe, pour célébrer notre union, employer ce beau jour en feſtin......
Rentrons......

SCÈNE III.

[*On voit Zoroaſtre & Achmet revêtu du Manteau du Miniſtre*].

ZOROASTRE, ACHMET.

ACHMET.

JE vais réparer l'inſolence d'Alphonſe envers le plus fidéle des amis.

ZOROASTRE.

Vous allez en même-temps le combler de joie.

ACHMET, *avec tranſport.*

Non, cher Zoroaſtre, je ne ſçaurois trop comment témoigner mon amour à l'homme le plus vertueux.....

ZOROASTRE.

Il eſt vrai qu'il en mérite de grands.

ACHMET.

Ce feroit une perte conſidérable qu'un tel homme reſtât dans l'oubli.... Je vais lui offrir une place à la Cour, afin d'être plus à portée de suivre ses conseils.

ZOROASTRE.

Ah ! cher Achmet, l'acte de générosité que vous allez lui faire.... vous le faites à moi-même....

ACHMET.

Quel homme en fut jamais plus digne... quel homme mérita jamais plus que lui d'occuper la place de cette foule de Courtisans, qui ne cherchent qu'à flatter, & non à être utiles.... Nous en avons eu un exemple frappant dans Alphonse.... Aussi ai-je renvoyé cette foule que je regarde comme de vils esclaves, pour voler auprès d'un homme que je préfere à eux tous.... Venant auprès de ce bon Payfan revêtu de la Pourpre Royale, je ne crois pas l'avilir.....

ZOROASTRE.

Au contraire, vous lui donnez un nouvel éclat.

ACHMET.

Ah ! Zoroastre, la trouvaille que vous fîtes, fut un véritable tréfor, & vous fûtes plus heureux, le jour que vous le trouvâtes, que ne le fut Alphonse le même jour qu'il fe vit, en fauvant la vie à l'Empereur, élevé à la première place de l'Empire.... Oui, je le répéte, vous fûtes plus heureux.... Mais ne perdons pas des momens précieux qui nous dérobent la vue de Blaife.. .Volons à fon col.... Témoignons-lui nos fentimens.... &, s'il les trouve à fon gré, je m'eftime le plus heureux des hommes.

ZOROASTRE.

Je vais frapper à fa porte.

ACHMET *le retenant.*

Non..... dans les transports de mon amour....
Excusez, si je suis votre rival..... ou du moins
allons-y ensemble. [*Allant pour frapper, il entend
chanter*].

Sous le nom de l'Amitié, &c.

Je croyois trouver un homme dans la tristesse ;
(*riant*) mais je me suis trompé.

ZOROASTRE.

Alphonse est peut-être rentré chez lui.

ACHMET.

Il faut voir cela. (*Heurtant*).... Ouvrez......

BLAISE.

Qui va là ?

ACHMET.

Ami.

SCENE IV.

ACHMET, BLAISE, ZOROASTRE, ALPHONSE, Chœur des Musiciens & Danseurs.

(*Ici Blaise paroît une bouteille à la main ; voyant
Achmet revêtu du manteau du Ministre, il laisse
tomber aussi-tôt sa bouteille, & se jette aux pieds
d'Achmet, Achmet le relève & l'embrasse*).

ACHMET.

CHER Blaise, excuses, si j'interromps ta joie,
c'est un ami qui vient la partager..... Reconnois
Achmet & Zoroastre.

BLAISE, *tremblant.*

Excusez , si je vous reçois en ami.

ACHMET, *riant.*

Monsieur l'homme sans façon , vous ne nous devez pas d'excuse.. .... Vous ne nous avez point offensé.....

BLAISE.

Pour me le prouver , il faut boire un coup avec nous. ....

ZOROASTRE.

Avec vous.... Est-ce que vous êtes plusieurs ?....

BLAISE.

Comment , vous ne sçavez pas cela.... & pardi vous sçavez bien qu'on a chassé Alphonse de la Cour.

ACHMET.

Oui..... Mais nous sçavons aussi qu'il t'a fait chasser de son Palais.

BLAISE.

Oh ! tenez. Messieurs , ne parlons pas de cela... Ne parlons pas de cela.... Il ne l'a pas fait exprès,..... Il est venu me redemander la place qu'il occupoit autrefois dans mon cœur...... Et il est trop sensible pour lui refuser......

ACHMET, *à Zoroastre.*

Quel homme ! Qu'il est bon ! Qu'il est franc ! (*A Blaise précipitamment*). Ha! cher Blaise, s'il y en avoit une seconde.....

ZOROASTRE, *interrompant.*

S'il y en avoit une troisième....

ACHMET, *continuant.*

N'en cherchez point d'autres pour les occuper.

BLAISE.

S'il en étoit digne..... Il y auroit déjà long-temps qu'il vous l'auroit accordé.

ACHMET.

Digne... Il ne l'eſt que trop... Et pour te le prouver, au lieu de cette foule de Courtiſans que tu as vu entourer Alphonſe.... toi ſeul le remplacera à mon égard... Oui l'on ne me verra jamais avec d'autres Courtiſans qu'avec toi ; mon Palais ſera le tien... Mes Eſclaves ſeront à toi... & mes amis tes amis.... Si tu l'acceptes, ce ſera là que je reconoîtrai la place que j'occupe dans ton cœur....

BLAISE.

Je puis vous jurer, que vous occupez la pre-mière... Mais moi, aller à la Cour !... Oh ! que non... que non... L'on monte, & l'on redeſcend trop vîte... Ma chaumière ſera mon Palais... Ce ſera là ; où, ſi vous le jugez à propos , que je vous ferai ma cour, & ſi vous daignez accepter pour amis les miens... vous n'en avez qu'un ſeul à adopter... C'eſt Alphonſe...

ACHMET.

Alphonſe... Mais eſt-ce qu'il eſt ici ? ...

BLAISE.

Oui.

ACHMET.

Fais-le venir.

BLAISE *va appeller Alphonſe.*

Hola ! Alphonſe...

ALPHONSE *surpris.*

Quoi! Messieurs, vous êtes par ici?

ACHMET.

Oui, & tout Ministre que je suis..... Je n'ai point perdu la vue, comme vous voyez..... je reconnois encore Blaise, quoique je n'aie pas été élevé avec lui.

BLAISE *interrompant.*

Oh, de grâce.... ne parlons pas de cela.... Vous avez promis que vous boiriez un coup avec nous. (*A Alphonse*). Alphonse, apporte la table. (*Alphonse apporte une table, sur laquelle est servi un repas frugal*). Tels sont, Seigneur, les mets d'un Bucheron ; d'abord, je n'ai point fait d'extraordinaire pour vous recevoir... A votre santé...

ACHMET.

Ton bon cœur est mille fois préférable aux mets les plus recherchés..... Aussi je vais t'emmener avec moi.....

BLAISE.

Je vous ai déjà dit, Seigneur, que si vous vouliez m'accorder une grâce, c'étoit de me laisser dans ma chaumière avec Alphonse....

ACHMET.

Je ne voudrois rien te refuser.... Mais cependant ce n'est qu'à regret que je te l'accorde.... Il est si doux de posséder à la Cour un homme... Mais un homme vertueux.... Un ami... Mais un ami sincère.... Un Courtisan... Mais un Courtisan fidèle ; que lorsque l'on en a trouvé un, il devroit occuper, avec le Monarque, une partie de son Throne... Où le trouver cet homme accompli? C'est dans la personne de Blaise.

BLAISE, *le verre en main.*

Toujours des complimens, c'eſt la coutume des gens de Cour... Toujours le verre en main, c'eſt celle des Bucherons... A votre ſanté...

ZOROASTRE & ACHMET *riants.*

Ha, ha....

BLAISE *ayant bu.*

Si vous me trouvez capable de donner des con-ſeils, ne dédaignez point la chaumière de Blaiſe.

ACHMET *à Zoroaſtre.*

Quel tréſor, cher ami, avons-nous trouvé ?

ZOROASTRE.

Il n'en eſt pas de comparable (*A demi-voix à Achmet.*) Il faut un peu rejouir le bon Payſan ; pour cet effet, il faut faire exécuter quelque danſe dans cette forêt.

ACHMET.

Je le veux bien... Mais le temps ne nous per-met pas d'y aſſiſter... Il faut nous rendre auprès du Monarque... & cela n'empêche pas...

ZOROASTRE.

Je vais avertir les Muſiciens, & ceux qui dé-voient danſer à la fête que devoit donner l'Em-pereur.

ACHMET.

Ce n'eſt point la peine... Nous leur dirons en nous en allant. (*Pendant ce temps-là Blaiſe boit avec Alphonſe*).

BLAISE.

Que dites-vous donc là tout bas ?

ACHMET.

Nous difons, qu'en réjouiffance du tréfor que nous avons trouvé en ta perfonne, nous allons donner une fête dans cette forêt....

BLAISE.

Vous avez bien de la bonté, Seigneur....

ACHMET.

Adieu, cher Blaife, adieu.... Lorfqu'un Miniftre, accablé fous le poids des affaires, viendra pour fe foulager, te demander confeil.... ne le lui refufes pas.... Je ne te promets point l'Empire... mais je t'accorde tout ce qui dépend de moi. ... Adieu... Au fond du Palais, dans lequel tu fus autrefois fi mal reçu...... tu y trouveras maintenant un ami....

BLAISE.

Et vous, Seigneur, vous trouverez dans cette chaumière, je n'ofe employer le nom d'ami, mais de Serviteur zélé.

[On verra au départ d'Achmet & de Zoroaftre, paroître auffi-tôt le Chœur des Danfeurs].

Fin du troifième & dernier Acte.

Lu & approuvé, ce 20 Février 1776.
CRÉBILLON.

Vû l'approbation, permis d'imprimer, ce 24 Février 1776. ALBERT.

On trouve cette Pièce chez la Veuve DUCHESNE, Libraire, rue S. Jacques.